高柳誠

無垢なる夏を暗殺するために

書肆山田

目次——無垢なる夏を暗殺するために

無垢なる夏を暗殺するために

私はそれを名づけてただ〈書物《しょもつ》〉と呼び、一切の限定詞も修飾語も用いることをさし控える。そしてこの断念と抑制のなかにあるのは嘆息、超絶的なるものの捉えどころのなさに対する無言の降伏なのだ。というのも、いかなる言葉、いかなる隠喩も、あの名もない物の与える戦慄、胸さわぎそのままに光り輝き、香り立ち、迸《ほとばし》ることはないからである。

——ブルーノ・シュルツ「書物」(工藤幸雄訳)

＊
（小鳥たちの丸い乳房

無垢なる夏を暗殺するために　断続的な不眠におそわれる長い眠りから覚めたイシスは　小鳥たちの丸い乳房をひとつひとつ丁寧にちぎっては　たがいにふざけあいくすぐりあう光の風に散らし　野原一面に咲き競うゲンゲの色に染めようとする　小鳥たちの乳房はすがすがしい綿の種子と化して　なだらかな遠近法をみせる起伏の沃野を嬉々として逃げ去っていく　その喧《かまびす》しい囀りはひとつの可憐な曲調にしぜんに収斂していって　無《む》辜《こ》の青がひろがる中空にいつまでも漂っている　音符に化身した小鳥たちの乳房は　綿毛の触手を無辜の青の方向に伸ばして　化石した時のあゆみのなかを郷愁の側へとしずかに析出していく　無垢なる夏を永遠に眠らせたまま…

＊

（頭蓋骨を突き抜ける高音

無垢なる夏を暗殺するために、頭蓋骨を突き抜ける鋭い高音をオレは矢のごとく空中に解き放つ。肺胞の一つ一つに空気を入れることを意識して、許容範囲ギリギリにまでキープしたうえで、その一つ一つの空気を幻出した手のひらで丸めて圧縮し、それらの群れを一つの組成にまで束ね上げ織り上げ、それを一つの澄明な音として一挙に空中に噴き上げる。噴き上がった音が次の音を呼び込み、それがまたさらに次の音を呼び込むといったふうに、それぞれの音に主体性を与えながら、かといって統御の手を放すことは絶対にあってはならず、しかし一方で音たちにその軛《くびき》を感じさせては死刑宣告も同然だから、それぞれを自由意志によって動き回らせながら、決してほしいままな単独行動はさせず、有機的かつ自由度の高い調和へと導かなければならない。ただし予定調和的なるものは最悪の見本で、あくまで各音が自由気ままな方向に運動していき、その一見無秩序の連合体が実は目に見えぬところでしっかりと結びつきあってお互いの個性を殺さず、至高の調和の中で憩うべく心を砕く必要がある。各音に肺活量の限界まで注ぎ込みながら、だからといって音にその限界を感じさせてはならず、あくまで余力を残した贅沢な音であることを一つ一つの音に対して実感させなくてはならない。あたかも、風に抗って羽ばたく蝶の飛翔がこの上もなく優雅な舞踏に似るように、生命力の限界ギリギリの発露こそが深遠さを産みだす。その深遠さは、一音一音をありえないまでに透明に尖らせ、この上ない硬度と密度を与えたうえで、明晰な金属の光沢を放つ一本のナイフのごとくシャープに屹立させて、日に焼けたなめらかな肌を光あふれる風にさらす無垢なる夏の喉元に突きたてられる。

＊（無垢の本質

無垢なる夏を暗殺するために、わたしたちが先ずもって成すべきことは、当然のことながら夏の実体を知りつくし究めつくすことである。夏ということばから誰でもが連想する外形的なイメージに囚われることなく、むしろ表面には現われにくい本質を見通すのは言うまでもないこととして、そっと気づかれぬうちに夏そのものを裏返し、その人目に晒《さら》されたことのない秘められた襞々までをも徹底的に調べなければならない。そして、それらを精査し分析したうえで、夏の夏たる所以を、それがなければもはや夏でなくなるような要因を突き止めるのだ。愚図愚図してその要因の究明に手間取っているうちにいつのまにか秋風が吹く季節になっていたなどという、馬鹿げた事態だけは絶対に避けなければいけない。また、無垢というにしてもそれが本当に無垢に値するかどうかの検証をその事象ごとにすべきなのだが、それよりも前の段階として、そもそも夏にとっての無垢とは何を意味するのかをきちんと定義しておかなければなるまい。高原の朝の肌に沁み込んでくる清涼さを無垢の本質とするのか、海原の果てに沈む夕陽のかぎろいのうちにある揺らめきをその要諦とするのか、むしろエロティックなまでに爛熟しつくした不眠の気怠《けだる》い夜をその実体と捉えるのか、あるいはまた、照りつける太陽がアスファルトを沸騰させ陽炎をゆらめかせるその灼熱の光をこそその具現と考えるのか、といった一つ一つの具体像に対して、寒冷な議論を経たうえでわたしたちの認識を究極的に一致させていく必要がある。いやむしろ、ここで定義そのものに拘泥して現実を狭めるよりも、今こそ無垢と夏との現実的な関係を考え直す時期が来ているのかもしれない。無垢なる夏があるということは有垢なる夏もあるのか、そうではなく、夏そのものには無垢も有垢もなくそれを迎え入れるわたしたちの態度によって無垢か有垢かが決定するのかについて、自己の体験を離れたうえでの普遍的な決断が迫られている。つまり、無垢かどうかを決める主体が夏自身にあるのか、それを享受するわたしたちにあるのかについての最終決定が、海をも覆いつくす朝焼けの光の中で期待されているのである。いやそれよりもむしろ、無垢か有垢かといった、ことば遊び的な実体のないものに対する戯れから海の水できれいさっぱりと足を洗って、はじめから夏に無垢が存在しうるのかを考証すべきだったかもしれない。なんの不純物もない無垢が、さまざまな夾雑物からなるかもしれぬ夏自体に内包できるのかを前提とすべきだったのだ。だがそれを言う前に、不純物を含みこむ形での無垢は本当に存在しえないのか、さらに夾雑物自体が純化した果てに無垢なる状態になることはありえないのかといった、まだまだ踏破しなければならない多くの検証困難な問題が山積しているので、無垢なる夏を暗殺するためには、逆に海の満ち引きの永遠の繰り返しが瞬きに感じられるほどの膨大な時間が必要となるのである。

＊（反転するひかり

無垢なる夏を暗殺するために
石英質のきらめきのうちがわに

反転をくりかえしていくひかり
中心をめざして螺旋状にすすむ
そのひかりの回転する切っ先が
てのひらを切り裂いて走り抜ける
したたりおちる青い血は
記憶に陰るかくされた廃園で
やさしくなんども蹂躙され
急をつげるサイレンの音は
くちなしのむせかえる匂いのなかで
はじめてのあまい慰撫におののく
反転するひかりを追いかけてはいけない
すべては密室で行われるための
黙劇の準備にすぎないのだから

＊（ヴェネツィアの小路

無垢なる夏を暗殺するために、たとえばヴェネツィアのひっそりとたたずむ名も知れぬ小路のうちに迷いこみ、ちいさな教会の薔薇窓に憩う夕暮れの光の最後のひとしずくが見せる、時のうつろいを視覚化できることは当然のこととして、むしろ、そこに漂う夕餉の魚介類の匂いだけではなく、その底流にひそかに紛れこむ死した白菊のかわいた匂いを、識別しうるだけの嗅覚の鋭敏さが必要とされると同時に、運河から遠くひびく櫓の音、観光客のための舟唄の川面の反響、橋をわたる足音、そうしたものが複合して作りだす都市の音楽のいちいちを、きちんと聞きわけるだけの聴覚的繊細さもまた求められるのはもちろんのこと、さらに、夕暮れが去るとともに海からふく風の、ほのかな湿度をまじえた触覚のうちに潜伏する罪の味覚と、ねぐらへの帰りをいそぐカモメの羽にのこる、日なたのかすかなぬくみをさえ感じとるだけの、複合的な感覚が要求される結果として、照り輝く昼間の抜けるような青空を溶けこませた果ての海の漆黒、街灯に火が入る前の一瞬の静寂、男女の睦言めいた岸辺を洗うなまめかしい波の音、かすかな夕焼けのほんのり鼻をつく焼き菓子めいた香り、ちいさな罪がいくつも折りたたまれて滲み出てきたかのような壁の染み、そうしたひとつひとつを個別のものとして認識するのではなく、それらを渾然一体と化した都市の本質的な要素として、おのれの感覚器官に引き受けることが必然的に要請されてくるので、歴史を跨いでかくも多くの人士が暗殺され、その無念に応じた影のかたちのままそれぞれの小路にそのうしろ姿をひそかに漂わせて、時の試練に黙って耐えている点において、実にヴェネツィアこそは、暗殺者の五感を訓練するのに最も適した都市なのである。

＊（修飾法

無垢なる夏を暗殺するために、まずは相手をすっかり信用させ油断させることが必要となる。だが、夏自体は生命力にみなぎりあふれ、その力をすべてのものにまき散らしては影響を与えて通り過ぎていくほどだから、隙などなかなかに見せることはない。そうは言っても、自尊心が妙に強く気位の高いところがあるので、思いきり過剰に修飾してやればどこかにほころびが出てくる可能性はある。いやむしろ、修飾するというよりも、より華やかに飾り立てる意味合いの強い装飾ということばを使うべきだろうか。しかし、修飾といい装飾といい、その表面を美しく飾るという意味には変わりがなく、修飾される側に主体があることは間違いない事実であるのだから、それだけでは夏の本質を少しも犯すことができない。つまり、外見とは異なり修飾する側が修飾される側に隷属する立場にあることは火を見るよりも明らかで、この時点で火を見てしまえば、のちのち手段として火器の類は使えなくなり、暗殺計画そのものが変更を迫られる。そこで夏の本質を少しでも変容させるためには、ありきたりの修飾ではもちろんのこと、既成の範疇に収まるような装飾でもなんの役にも立たないのだから、むしろ概念そのものを大きく覆すほどの修飾を生み出さねばならない。今までの常識や通常の想像力ではまったく結びつくことなど考えられなかったものが、霊力を帯びた異様な力によって結びつき、それらがさらに結束を深め渾然一体となって一つのものとして途方もない力を発揮した時、ひょっとして修飾は、修飾される側の性格や特質を変容しうるのかもしれない。それほどに夏を混乱させうる、夏そのものの本質を変容せしめる修飾とはいったいどのようなものか。それを追究するためには、こちらの知の体系を一度バラバラに解きほぐして、既成の秩序そのものを破壊しつくすことが求められる。すべてをまっさらにして、その上に新たな夏の楼閣をうち建てるのだ。ただし、すべての知の組成を破砕しつくしたとしても、当初の目的を失うことだけはなんとしても避けなければならない。それが幻の蜃気楼に堕するのを放置していては、すべての修飾法がなんの意味もなくその場で消え失せてしまうのだから…。

＊（父の潜伏

無垢なる夏を暗殺するために、父は毎年決まって北の海岸地方にひっそりと身を隠してしまい、母とぼくと弟は、もはやうずくまるようにして身を守ることしかできない暑熱の湿原の窪地に置き去りにされた。太陽はおのれの死期を悟ったのか、凶暴なそれでいてどこか投げやりな光をほとんど人のいない鉄錆色のだだっ広い広場にぶちまけ、そこをまるで聖書に描かれた荒野のように光沢のある赤茶色に染め上げて沈もうとしている。

息絶え絶えの疥癬病みの野良犬が、えさを求めてその光のなかをあてもなくさまよい、時々おのれの運命を呪うかのように最後の光のひと筋を爛れた目で見上げる。ほとんどが閉ざされた商店街の古びた扉を、生臭い風が跛行しながらもはげしく揺り動かすと、人々の生活の匂いが扉の隙間からかすかに漂い出てきて、野良犬の孤独をほんのわずかなぐさめるのだった。

北の海岸地方からは手紙一本届くことはなく、母はあきらめきった様子で明日からの食べ物の心配をしはじめる。父は無垢なる夏を暗殺する任務に集中するあまり、一時的にせよ家族の存在など忘れ果ててしまうのだろう。いつも無口な父であったから、いないからといって特別の寂しさも感じないぼくと弟ではあったが、さすがに母の深く刻まれた皺ややつれきった顔を見ると、わが家の貧しさが炎熱の暑さにもかかわらず身にしみて感じられるのだった。

空腹をすこしでも紛らわすために、弟を連れて夕暮れの光のなかに出たぼくは、最後の一筋の光を浴びて水面を遠く光らせた沼沢地帯が、赤黒く終末の色に染め抜かれた夕空を背景に、水辺に生えたヤナギやミズナラの影をそれ自体生きて動くもののように浮かび上がらせるさまから目が離せなくなった。その先から世界は深く欠けているに違いない。だから、転落する恐怖に耐えて木の影はうち震えているのだ。その恐怖がうつったのだろうか、弟は口を開けたまま身じろぎもせずに立ちつくし、その小さなてのひらでぼくの手をぎゅっと握ってきた。

＊

（夾竹桃の群れ

無垢なる夏を暗殺するために、他ならぬ夏自身が、飢餓に陥った蠍の夥しい群れを、白昼の逆光線がその葉や総苞《そうほう》に生えた棘を蹂躙し続ける薊の咲き乱れる野に解き放ち、油蟬の劈《つんざ》くように姦《かしま》しい鳴き声が耳の裡でグアングアン反響する、見捨てられた公園という場所を用意する。溶けたアスファルトの反映に揺らぐ煤《すす》けた夾竹桃の群れは、ガソリンの鼻を刺す臭いが微かに漂う中、自らの野卑な赤の過剰と身内に抱え込んだ毒に未だ慣れることなく、その存在を空に向けて投げやりな形に突き上げては、排気ガスの粒子に抗って声にならぬ声で吠え続ける。太陽から届く激しい炎熱が夾竹桃の赤の波長によって増幅され、噎《む》せかえるような温気《うんき》に変容して地表に拡がり、気配を消して待ち伏せする暗殺者の体を内側から炙《あぶ》り出すように蒸らす。睥睨《へいげい》するように花壇を見下ろすカンナの花群れは、自らの存在の箍《たが》を完全に外して虚勢を張り合うことで、色彩を撒き散らし氾濫させて炎熱を一層耐えがたいものにしながら、その卑猥とも言える花弁の形状を複雑に揺らしくねらせて、口吻が異様に長い新種のマルハナバチを頻《しき》りに誘惑する。マルハナバチはその口吻から折り畳まれていた外葉、側舌、下唇鬚《かしんしゅ》、中舌を順番に繰り出して、カンナの花蜜をそれらの器官でいつまでも捏《こ》ね回しながら、悦楽の状態に嵌り込んだまま腹部を激しく蠕動《ぜんどう》させる。向日葵はいじけ拗《ねじ》けたその茎を互いに絡ませ、そよとも吹かない明日の風を忘我の中で待ち続け、びっしりと取り付いた憂い顔のイナゴたちは、投げやりな態度のまま気怠《けだる》い交尾を繰り返しては、瓦礫の下で密かに待ち受ける殺人者たちの鋏を一瞬でも忘れようと努める。もはや疲弊しきった暗殺者を待つまでもなく、夏は夏自身の直中《ただなか》ですでにして窒息寸前の状態であった。

＊（無苦なる夏

無垢なる夏を暗殺するために、その表皮を剝《は》いで本質を白日のもとに剝《む》き出しにするためのナイフを用意しなければならない。できうればそのナイフ自体、暗殺という目的にも向くものであることが求められる。無垢なる夏と立証されたその場で直ちに刺殺してしまえば、夏にしても無苦のうちに無垢のまま往生できるというものだ。いや、待て。今まで「無垢なる夏」と決めつけていたが、「無苦なる夏」である可能性は考えられないのだろうか。苦しみのかけらさえ見えない夏が辺り一面に広がる涅槃のような世界——それこそ、逆に暗殺されてしかるべき対象であるかもしれない。春ならばともかく、夏は本来もっと激しい陽光に汗水たらして呻吟し苦行するに似つかわしい季節であるべきだから、そんな生ぬるい不埒な夏は許されるはずもない。あるいは、「椋《むく》なる夏」ということだって考えられる。この場合はもちろんいろいろな意味が想定されうる。鬱蒼と生えた椋の木の森がこぼれんばかりに葉群を繁らせる夏かもしれないし、日暮れ時になってねぐらに帰るムクドリが鈴なりに群れ集って鳴き騒ぐ夏かもしれない。この両者が同時に起こる状況だって容易に想像できる。こんなむさ苦しくさわがしい夏ならば、とっとと暗殺してしまうに如《し》くはない。ところでムクドリ自体は、椋の木に群れるからムクドリなのだろうか、尨毛《むくげ》だからムクドリなのだろうか。あるいはまた体が浮腫《むく》んだように見えるからなのか、それともむくつけき鳥だということなのか。いくらなんでも無垢なる鳥ではないことは確かと思われるが…。思わず脱線してしまったが、ムクドリの語源を探ったおかげで「尨《むく》なる夏」の可能性が浮かび上がってきた。尨毛にびっしりと被われた夏は想像するだけでも暑苦しくて窒息しそうであるし、尨犬がきゃんきゃん鳴き騒ぐ夏もたまらない。さらに、「無患子《ムク》なる夏」も考慮すべきかもしれない。この場合ムクドリが群れる無患子《ムクロジ》の林の夏を想像してもそれは一向に構わないわけだが、だからといって、その種子が成分として含みもつサポニンの作用によって、すべての患《わずら》いの危険性を洗い流せると考えることと自体あまりにも安直というべきだろう。

＊（きたのかいがん

むくなるなつをあんさつするために
おさないこどもとつまとをふりすて
きたのかいがんへときてみたけれど
なまりいろのそらがたれこめるだけ
きらりとひかるほしのひとつもなく
いったいだれのためのにんむなのか
ながれさるときのあらなみのさきに
のみこまれくずれていくだけなのか
はいふにふたがるおもいかなしみは
つまこみたいにふりすてもできずに

ひたすらむくなるなつをまちのぞみ
かねてよりぎもんにおもいおよぶは
むくなるなつはほんとうにあるのか
あのなみのほさきのとおいひかりか
すみきったそらのかわいたあつさか
それともほほをふくかぜのさやかさ
あんさつするにはどきょうがいるし
うでもひとなみではなしにならず
はたしてふんぎりがおれにつくのか
はまべのいわかげにしゃがみこんで
うっすらとなみだをうかべてみても
なんだかとってつけたうそみたいで
すこしもむねのうちははれやしない

つまこのすがたがまぶたにはりつき
かえるすべさえすでにしてうしない
こころのささえもみつけられぬまま
むくなるなつにまぎれてきえようか

＊（意図した愚行

無垢なる夏を暗殺するために、ぼくらは意図した愚行を毎日のように繰り返し、無意味な彷徨と空虚な咆哮とを自らに課した。なんの目的もなく集まっては安酒を飲んで馬鹿話に笑いさざめき、あるいは所かまわず放歌高吟し、それに飽きると夜明けの空に向かって急にしんみりと、それぞれに好きな詩句をつぶやくのだった。新しい一日が始まることへの焦燥感で居ても立ってもいられなくなると、蛮声を張り上げてだれもいない徹夜明けの河原をめったやたらに疾走した。そういうかたちで青春を空費するしか、毎日をやり過ごす方法をぼくらは知らなかった。音もなく朝靄が湧き出して川面を滑るように覆い、たちまち川岸にまで這い上ってはぼくらを包み込む。

そのしめやかな靄に支配されて口数がとたんに減る。靄を切り裂くように、ユリカモメが甲高い声で一声鳴いてすれすれに飛び去ると、坩堝《るつぼ》が一挙に割られたように哀しみがぼくらの胸の裡にあふれ出すのだった。やがて、その一声に呼応するかのように、朝早い町のざわめきが遠くからひたひたと押しよせて、生活実感のないぼくらの毎日を狙い撃ちする。太陽はすでに新しい一日を始め、川面を搾りたての光できらめかせる。そのきらめきに目を射られて、ぼくらの魂の内部が新たに感光する。「過去は確かにあった。未来もこれから来るだろう。しかしその間に挾まれた現在って、永遠に不在のままではないのか。」Mがぽつんとつぶやいた。その通りだ。時間は、過去から現在、現在から未来へと、この川のように途切れることなく流れて行くものだろうか。実際にやって来るまではまだそれは、不確かな未来でしかない。しかし来たと思った瞬間その場に瞬時もとどまることなく、それはすでに過去になり果てる。そうであるなら、現在など無いに等しいし、その本質を捉えることなど誰にもできない。その無いかもしれぬ今に、なぜこれほど思い煩わなければならないのか。再び川面を戻ってきたユリカモメが、まるでぼくらを嘲弄するかのように、鋭角的な一声を発して時間の幕を切り裂いた。

＊
（カガンボか、ガガンボか

無垢なる夏を暗殺するために、長らく論争が続いていたある昆虫の呼称についての最終決着をつけるための学術会議が、今回ようやく開かれる運びとなった。夏の夜、灯火に誘われてよく飛来する、足のやたらに細くて長い奇妙な昆虫のことだ。不器用この上ない飛び方をしてフラフラ近づいてくるので、思わず新聞紙ではたき落すと体ごとバラバラになってしまう、信じられないほど脆弱な体をもったあの虫である。俗に蚊トンボとも呼ばれるが、蚊と違い人を刺したり吸血したりすることはない。

この昆虫の名称は、ここ百年来カガンボかガガンボかとしばしば論争の種になっていた。それが、なぜ今回問題になるかというと、夏に発生するこの毒にも薬にもならない、ヘンテコな進化をみせる昆虫の名称こそが、無垢なる夏の命運を握っていることがようやく明らかになったからだ。つまり、最初の音が「カ」と澄むか「ガ」と濁るかによって、その無垢の特質を推測することが可能となり、それによって暗殺方法に大きな違いが生じてくるのである。

「カガンボ」ならば、消音装置をつけたピストルで狙い撃ちをするもよし、ひそかに飲みものに薬品を入れて毒殺するもよし、殺人ガスを人知れず吸わせるという手も考えられる。ところが、「ガガンボ」ときたら、少なくとも機関銃クラスは用意せざるをえず、ことによったら砂漠地帯におびき出して大砲でズドンとぶっ放すか、思いきって断頭台で首を切り落すといった派手な手口を使わざるをえない。

カガンボ派の人々は、「蚊に似ているが、蚊よりも大形であるところから「蚊の母」という意味で名づけられた。したがって、ガガンボの名は明らかなる誤りだ。」と主張する。一方、ガガンボ派は、「灯りや壁、襖などにぶつかってガサガサ飛ぶその音と姿こそが、その名の由来であって、それを感じ取れないカガンボ派は想像力に欠けている。」と言い募る。そしてさらに、「むしろ「蚊の母」という先入観から一歩も出られないことこそが固陋《ころう》であり、それに固執し続けるのならば、「蚊の父」についても詮索せざるをえない。」と批判の矛先を研ぎ澄ます。

それに対して、カガンボ派は、「蚊に似ているという、万人にとっての真理を無視する態度こそが愚昧の証拠だ。」とし、「ぶつかる時の音をガガンボと聞き取るなど偏屈な耳の持ち主に違いない。」と反撃する。ガガンボ派は、「音韻的に言って「蚊の母」はどう転んでもカガンボになるはずはなく、そちらの耳こそ魯鈍そのものだ。」

と言い募る。こうした状態が続くかぎり、はたして学術会議の場でどちらに軍配が上がるのかは、今のところ全く予測できない。

＊（颪の作用

無垢なる夏を暗殺するために
創世記の砂漠を吹き荒れた颪を

結晶の原子配列のうちに密封した
スピネルの澄明度を密かに統御する
その到来を地図上に確認したうえで
ラベンダーの匂いを運ぶ風によって
青紫色に染められた水晶とともに
寂寞の森に人知れず並置する
互いに感知しあう風の作用
次第に置換していく内部組成
鉱石が己の構造を変えるように
無垢なる夏も頑ななその特性を
すっかり別のものへと変質させ
避暑地の湖畔に風が立つころ
暗殺は秘密裡に終焉する

＊（死体の処置法

無垢なる夏を暗殺するために、ぼくらは真っ先に死体の処置法から学ばなくてはならなかった。腐敗の一段と進む夏、しかも夏そのものの死体であるから、処置を慎重に行わなければ腐敗は急速に進んでそこから足が付きかねない。そうならないためには、なによりもまず夏の骨格について学ぶ必要があった。だが、夏の骨格は、雨上がりの虹や清《さや》かな高原の冷気ばかりではなく、大都会の雑踏や犬の糞、猫の吐瀉物などからもできていて、その構造を学ぶだけでも大変なうえに、その成分についてはまだ基礎的な研究さえ進んでいない状況なのだ。しかも、その年の夏は、脊柱管狭窄症を病んでいたらしく、あちこちで突発的な発疹に似た集中豪雨やそれに伴う河川の氾濫、魂が干上がるほどの旱魃とそれに付随する農作物の不作、季節外れの雹とそれによる被害など、この病に起因すると思われる症状がいろいろと出て、肝心な脊柱そのものの特徴さえ摑《つか》めない。つまり、どれが脊柱の普遍的な特徴で、どれが脊柱管狭窄症による特異な症例かの区別さえ、ぼくらにはつかなかったのだ。脊柱自体がそんな状態であったから、当然その他の重要な骨、大腿骨や肩胛骨、腸骨については、ほとんど手つかずの状態といってよかった。さらに、夏の臓物についての基礎的な知識はもちろんのこと、その懶惰《らんだ》で甘い匂いと爽やかな腐臭、さらに官能的な夜の残香、それらが入り混じったうえに相殺しあう香りの化合法にも習熟しておく必要があった。特に消化器官系は腐敗が速く、肝臓などはすぐに処置しないと緑青じみた錆状の物質に覆われてしまうし、胆嚢もたちまち刺激臭を発するピータン様のものになりかねなかった。脾臓に至っては始めから血腥い臭いを発しているし、小腸の重畳する構造ときたら、未熟者にとって一度踏みこんだら命取りになる迷路となることは必至だった。それらすべてを習得したうえで初めて死体の処置法を学び始めることができるわけで、その果てしのない終着点にかすかな希望を託すしかない覚束なさに、ぼくらは今さらながら気づかされるのだった。

＊〈ことばの崩壊

無垢なる夏を暗殺するために、わたしたちはまず手あたり次第ことばを痛めつけてやった。「無垢」が何か、「夏」が何かが分からぬまでにことばを破壊すれば、「無垢なる夏」自体の存立が危うくなり、わざわざ暗殺する手間が省けるからだ。そのためにまずわたしたちは、徹底的にことばをからかい、さげすみ、はやしたてた。そしてその後いきなり、ことばからの働きかけを一切無視した。みんなで聞こえないふりをし、意味が通じないふりをし続けた。無視され続けたことばは、うわごとめいたひとりごとをつぶやき、しどろもどろになっては突然赤面するようになった。さらには、自らいじけ、おどおどと他人の顔色ばかりをうかがうようになり、他者をつなぐ社会的道具としての誇りなどどこを探しても見られなくなった。もともとことばは、自分の支配の及ばぬ、いわく言い難いものが存在することに人知れぬ不安を感じてはいたのだが、今やこの世界のすべてが自分の認知できる範囲内からどんどん逃れていく。すると、感知することさえできぬ、ことばを超えたものたちへの恐怖が、津波のように一挙に押し寄せてきた。ことばは、今や己の存在の荒波に翻弄され溺れうめくのに精いっぱいで、その結果、それぞれが音素や字義などの要素に無惨にも解体していった。ある種のことばは、語源の探索のうちに逃げ込んでそこから出てこなくなったし、別のものは、己の存在意義を見つけ出そうと文字の形象美のなかに閉じこもった。また、突然奇声を発してそこらをめったやたら走り回るものさえ現われた。それぞれのことばが、統制をまったく失って勝手な行動を繰り返したのでは、簡単な意味さえも伝えることは困難になり、ましてや文法が成立する言語的基盤を維持することなど不可能となる。当然、互いの血縁的なつながりも欠けてしまい、語彙体系を形成すること自体土台無理な話であった。今やことばの群れは、ばらばらに分裂したまま、ことばの荒野をとっくに行き過ぎ、世界の崩壊地点に近づいていた。すべてのことばは、ほとんど意味不明となり、あるいは単なるため息にまで堕し、己の本質をどんどん忘れていく。当然のこととして、いまさらことばの形だけでも整えようとしてもむだなことだった。今やことばは、自らが崩壊していく音をただただ空ろな胸の内に聞くことしかできなかった。

＊（定義

無垢なる夏を暗殺するために、むろんその前提として、無垢なる夏自身を見つけだすことが絶対的な条件となる。そのためには、そもそもなにをもって無垢なる夏とするかの定義を明確にする必要が生じる。五月の透明な光のなかにいきなりおどりこんでくる気の早い初夏をそれと認定するのか、長い梅雨が明けたとたん姿をあらわす七月の抜けるような青空をそれと考えるべきか、これでもかというほど続く汗だくの八月の暑熱のうちに潜むものをそう呼ぶのか。いっそのこと、六月のだらだら続く梅雨そのものを無垢なる夏と認定しようという人々だっていないとは限らない。まずはあらゆる先人観を捨てて無垢なる夏の定義に取りかからなくてはならない。その場合、穢れのないことをなによりも重視して光の透明度をその実体の基礎に置くべきか、無垢のうらにすでにその意味を人知れず紛れこませている純白をその意義の中心に据えるべきか、あるいはまた、混じりもののない夏そのものという概念をあくまで押し通すべきかで、無垢なる夏の定義はずいぶん違ったものになる。それによって、無垢なる夏は、公園の木洩れ日が互いに戯れ追いかけあう午後だったり、まぶしい海からの照り返しのなかヨットが風を受けて流れるように走る光景だったり、入道雲がもくもくと湧き上がる余白に拡がる炎熱の青空だったりする。いやむしろ、この際思い切って無垢材の肌触りをこそ判断の要点として想起すべきかもしれない。つまり、ふだんわれわれが頼りきっている視覚にきっぱりと別れを告げ、触覚をこそその定義の中心に据えるべきなのだ。その場合は、やはりふいに肌を通り抜ける涼やかな風をもたらす高原の夏が無垢そのものと定義される可能性が高くなる。しかし、無垢の語源が「剝《む》く」にあるとすれば、物の表面を剝《は》ぎ取ってその本質を顕《あら》わにすることこそが定義の根底にあるはずで、そう考えると、思わず衣服を脱ぎ去ってじりじりと肌を焼きつくしたくなる炎熱こそがそれにふさわしい。このような検討を重ねていくと、本来の意味であるともいわれる煩悩を離れて穢れがなくなるなどいつまでたっても実現するはずもなく、定義する側自体が無垢からどんどん遠ざかってしまいそうなのである。

*（女暗殺者

無垢なる夏を暗殺するために、長い髪をバッサリと切り落した女暗殺者は、自らをクララ・ロボタと名乗った。ウクライナ出身だという話だが、どうせ嘘に決まっている。英語・フランス語・ドイツ語・ロシア語を流暢に操ったが、父によるとそのどれにもかすかなスペイン語の訛りが聞き取れるらしい。クララは大の博物館好きだった。博物館であれば、なんでもよかった。交通博物館、飛行船博物館、民俗博物館、人形博物館、科学博物館。この町のすべての博物館は言うに及ばず、ときには近隣の都市にまで足を伸ばした。気が向くとたまに、ぼくを連れて行ってくれることもあった。鉱石博物館がクララのとりわけ好きだった場所で、鉱石の冷たい硬さが心をおののかす様をいつも熱心に語った。マラカイトの目に涼やかな緑色が、成分においては銅のサビの緑青とまったく同じであることや、紫外線を浴びた螢石の発する、黄、緑、青、紫などを帯びた螢光がどんなに心をとろけさせるか、また、きれいな三方晶系をみせる菱マンガン鉱の、その深紅色に尖る圭角の菱形に放つガラス光沢が、いかにその胸をちくちくさせるかについて、ぼくに理解できるかどうかにおかまいなく、何時間でも身ぶり手ぶりをまじえて語った。実はそれらが、ひそかに暗殺の方法論につながっていたことなどぼくにわかる由もない。むしろ、秘密を誰かに話したくてたまらず、それで、無害のぼくを相手に選んだのかもしれない。鉱石博物館と同じほど偏愛の対象だったのが船舶博物館だった。船はいつだって海の向こうへの憧れをかきたてる。特に好きなのが瀟洒な帆船だった。帆船と見ると、ちいさな模型でも細部までを飽かずに眺め入った。クララはきっと、誰にも言えない遠い生れ故郷への思いを、船を眺めることでなぐさめていたのだろう。そういえば、一度だけ、モンテヴィデオかどこかから来た船を港で見ていて、何かを言いかけて突然涙を流したように見えたときがあった。すぐに笑いでごまかし、私って馬鹿ねとつぶやいて、クララはいきなりぼくの手をぎゅっと握り身を寄せてきた。肩にそのやわらかな胸が当たった。頬は赤く染まり心臓はバクバクして、その意味を考える余裕など、思春期を迎えようとしているぼくにあるはずもなかった。

＊（微分化

無垢なる夏を暗殺するために、なによりもその内側深くに入り込んで本質を摑みとったうえで、その諸相を知りつくすことがわれわれには求められる。そのためには、入り込むだけでは充分でなく、その最も秘すべき中心部にまであらゆる策略を使って侵入しなければならない。取り入ったり騙したりの駆け引きは無論のこと、ときには、こちらの手の内をあえて見せる必要さえあるかもしれない。中心部にまで侵入出来れば、もうこちらのものだ。自動防御装置の発動によってそれを知った無垢なる夏は、おのれの存続自体を脅かされる大きな動揺にさらされて冷静さを失い、過ぎ去ったばかりの夏や近未来の夏は言うに及ばず、さまざまな時代、さまざまな場所の夏を所かまわずぶちまけてしまう。この突然の無垢なる夏の椀飯振舞は、われわれに激しいめまいを起こさせるだけではなく、無垢なる夏自体のハレーションまで引き起こす。すると、現在の確固とした無垢なる夏は、存在する余地自体をまったくと言ってよいほど失って、ぶちまけられた夏の多様性の中で解体され、微細な粒子となってあちこちに分散する。言ってみれば、無垢なる夏の微分化がなされることとなって、あるものは、木の葉の繁りの中で粒だつ光となって永遠に戯れ続けるだろうし、あるものは、熱風のひとひらとなって南の島嶼地帯の海岸線を吹きわたるだろう。またあるものは、可憐な花のちいさな花びらとしておのれを開示するかもしれない。こうしてかろうじて見わけられる個々の夏の断片の中に、部分的に再現されるだけとなった無垢なる夏そのものは、微分化の結果としてその実質が大きく変化しているので、結局どこにも存在できなくなる。したがって、われわれはそうした一つ一つの破片を丹念に拾い上げ収集したものから、想像力の働きをもってその全体像を作り上げていかなければならない。そのとき、無垢なる夏は、一つ一つの個別の夏をはるかに超え出て、夢幻かつ無限の窮極的な無垢の夏の象徴として永遠に呈上され、やがては博物館の陳列棚を飾ることになるだろう。そして、この場合、個別の無垢なる夏の存在としての生命はとうに失っているために、無垢なる夏を暗殺する任務は当然のこととして一挙に無効となる。

＊（思弁の庭

無垢なる夏を暗殺するために、われわれは無類の防波堤を絶望の湾曲部に建て続けなければならぬ。つまり、侵蝕してくる悪意ある世界に対して、われわれの心のうちを形象化した造形物でもって対抗するのだ。そうすることで初めて、豊かな思弁の中に静かな庭が佇み、瞑想する岩は明日の憂いの内部に沈潜することができる。この場合においてのみ、思弁の庭は世界の縮図であるばかりか、宇宙の運行そのものともしっかりと結びつく。しかし、こうした抽象的な言い方ではなにも表現したことにはならない。思弁の庭に即して具体的に語る必要があるだろう。絶妙に配置された岩の一つ一つに固有の意味があることは言うまでもないが、だからといって、その細部に心を囚われていては世界そのもの、延《ひ》いては宇宙そのものとの対話は不可能となってしまう。だが、たとえば一つのしわぶきに対置すべき沈黙としての岩の意味を考えるならば、それは一つの方法になりうる。しかし、その場合も、しわぶきに対置すべきと言うよりも、しわぶきの後に結晶化してくる静寂と対置すべき沈黙、とより正確に言い換えなければならない。静寂と沈黙との違いを、ここでわざわざ説明する必要はよもやないであろう。ただし、誤解がないように一つだけ言うとしたら、暗殺とは沈黙であって、静寂ではないということだ。岩自らの意思による沈黙こそが暗殺の理想とする姿であって、他者から意味づけされた静寂などは、ものごとの本質とは何の関わりもない。ここまで言明したからには、もうすべてを語っても何の問題もないだろう。すなわち、沈黙は一つの行為であるのに対して、静寂は状態でしかない。思弁の庭に佇む岩は一つの沈黙を行為しているのであって、ただ単に静寂の状態にあるのではない。世間に流布している沈黙と静寂のハーモニーなどという、詭計を内に秘めた甘言に騙されてはならない。ここにおいて、もはや蛇足となってしまう危惧は免れえないが、暗殺とは、むしろ思弁の庭の岩の行為をこそ、その規範とすべき性質のものであって、人人が驚きあきれるような騒がしい行為では決してないことを宣言すべきである。

＊（夏との和解

無垢なる夏を暗殺するために、ぼくはひとまずすべての夏をにくんだ。夏をにくもうと決心したがゆえに、夏に付随するすべてのものを憎悪した。だから、大切に飼っていたカブトムシやクワガタムシも、母に不審がられながらも裏山に捨てにいったし、友達にさそわれても、となり町に花火を見にいくことさえなかった。あがったあとの空気の爽快さがあんなに好きだった夕立さえ、うとましく思うようになったし、にげてはさそいさそってはにげる、あでやかな蝶の誘惑を相手にすることもやめた。

夏に背を向けて、いささか依怙地になっていたころ、ついにぼくは夏から復讐されることとなった。プールへ行くこともなかったので、ほとんど泳げないままだったぼくを心配した母が、臨海学習を申し込んできたのだ。ぼくは猛烈に反発したが、「あら、S君も行くのよ。」と母はすずしい顔だった。親しいS君と一緒ならぼくもよろこぶにちがいないと、かってにS君の母親と決めてしまったのだ。父に訴えても、全くのむだだった。

出発の朝、ぼくの気持はどん底だった。そんなこととも知らないS君が、軽い興奮状態でいつもより饒舌に話しかけてきたが、ほとんど相づちさえ打つ気にならなかった。海の宿に着いてすぐに、ぼくらは全員集められ、そこでさまざまな注意事項を聞くことになった。潮の匂いをおびた海からの風が、広いたたみの部屋のカーテンをやわらかにひるがえしてわたっていく。

そのとき、夏の風の真ん中から一人の少女が現われ出た。白いワンピースを着て、手に麦わらぼうしをもち、日焼けした頬にえくぼが立つ少女だった。熱心に話に耳をかたむけているのだが、やや前かがみになったワンピースのわきから、ようやくふくらみかけた愛らしい乳房が見えかくれしている。まだそれと見わけがつかない乳首あたりにぼんやりとうぶ毛が生えているのまでが見える。

ぼくはたちどころに混乱し、胸がきやきやと軋んだ。あんなに憎んだはずの夏なのに、その化身のような少女に心奪われるわけにはいかない。しかし、そのひみつの乳房から目をそむけることなどできるはずがない。わきたつような胸のとどろきを感じてぼう然とたたずみながら、ぼくはあすからの夏との和解を心待ちにしている自分に気づくのだった。

＊（水の飛沫

無垢なる夏を暗殺するために
レモン色に染まる水の飛沫を

その裏切り続けた来歴にそって
未来の側へとはじき飛ばす
ひと粒ひと粒の粒子の中に
レモンの花の匂いがわきたち
そこに眠たげな匕首《あいくち》が秘匿《ひとく》される
その眠りを覚ますものはなにか
光さす季節が忘却した揺り籠には
風の生み落していった鉱石の卵が
等軸晶系への夢を明晰につむぎ
まどろむ小鳥たちの頭蓋骨には
やわらかな殺意が芽生える
だれもいないブランコがきしみ
無音の飛沫が白昼に刺殺される

＊（精神の減量

無垢なる夏を暗殺するために、おれの側の問題として、徹底的に精神の減量をする必要に迫られた。贅肉だらけの精神では、無垢なる夏に対抗できるはずもない。ちょうど優れたボクサーが、徹底した減量によってボクシングのために必要な筋肉だけを身につけるように、おれも、夾雑物のない純粋精神をもってこそ、はじめて無垢なる夏と渉りあえるのだ。そのためにおれは、余分なことばを、意味のないことばを、身内から振りほどいていった。たとえていえば右ストレートのような、最も肝要かつ簡素な、何の飾りもないことばさえあれば充分だ。ゴタゴタと飾り付けたことばなど、純粋な精神にとって邪魔でしかない。修飾過多のことばを振り捨てていくにしたがって、おれの精神はどんどん削ぎ落されていく。減量の効果が出るとそれ自体が喜びに変わるように、無駄なことばを排除することと自体が快楽となって、おれはさらに不要なことばを自らの精神から削っていく。いまやおれは、全くといってよいほど贅肉のない精神となった。生活自体もルーティーンに則ったきわめて規則正しいものになった。最も効果的なパンチが最短距離を進むように、ことばも余分な迂路を進むことなくまっすぐに届けばよい。ものごとの本質をずばりと突くストレートなことばさえあれば、それだけで充分だ。そんなことは、はじめからわかりきったことだ。ところがそのころから、おれはきみょうなことに気づきはじめた。なんだかこのところメシがうまくないのだ。当然といえば当然のことだろう。精神のげんりょうのためにてっていてきに節制しているのだから、脂のすくない鶏のむね肉ややさい、必要最少限の水しかせっしゅしないのだから。それと同じように、必要最少限のことばしか使わない生活はまったくうるおいを欠いてきて、すべてがパサついてしまう。ものみなすべてがりんかくをうしなって、周囲にとけだしていく。むくなる夏をみつけださなければならぬのに、いまや季節のくべつさえつかなくなってしまった。いまが春なのか、夏なのか、あたたかいのか、さむいのかさえ、かんじなくなっていく。おれは、いったい、どうなってしまうのか…。なんの、ために、いきて、いるのか…。いきて、ために、なんの…。かぜ、そら、あんさつ？なつ？　むく？　おれ？　だれ？　……

＊（傷口にレモン

無垢なる夏を暗殺するために、激しい陽射しの反射角をとげとげしいほど鋭く研ぎ澄まして、あえて夏の肌の無防備な部分、いまだ激しい陽射しに晒されていない柔肌の部分を思いきり引っ掻く。そして、すぐさま傷口にレモン汁を擦りこむ。夏はたまらず悲鳴をあげて、どこまでも夏草の広がる平原を転げまわる。傷口から侵入したクエン酸とリモネンが、心の中心にまで容赦なく滲み込んで炎症を起こすのだ。夏はその痛みを和らげるために、すすんで自らの身体を傷つけてエンドルフィンの分泌を促そうとする。精神的な苦痛を緩和するために、あえて自らの身体を傷つけるのである。ところがその行為のせいで、自傷行為を行う際に付随する心理状態に夏自体が陥ってしまう。たとえば、痛みによってもたらされる誤った自己認識、状況の混乱から生み出される自尊心の低さ、他の季節から理解されない孤独、そうしたものがしだいに夏の心に芽生える。この心理状態によって引き起こされた怒りや悲しみといった感情を、夏は外部に向けることができず、他ならぬ自分自身に対してぶつける結果となる。そのような感情を認証する儀式として、あるいは、自らの存在を確認するための手段として、自傷行為に及んでしまうのだ。さらには、心と体との複合した痛みのために、自分自身に内包される夏の属性そのものを、怒りや悲しみをぶつける対象として別人格化することさえある。こうした経過をたどることで、夏の精神構造はすっかり疲弊し、目に見える形の歪みさえ出てくる。やがて、自分自身の存在すら許せないという感情をもつようになり、自己への処罰として、別人格化した自分の属性に再びその感情をぶつける。

自傷行為は、負のスパイラルに陥ってどんどん重症化していき、最終的には自身の存在の根をも断ち切ろうとするに至る。かくして、夏は自傷行為を繰り返したあげく、ついには自らの生に自らの手で決着をつけることとなり、われわれの目的は痕跡すら少しも露見することなく、秘密裡に成功する。

＊（峻厳なる冬

無垢なる夏を暗殺するために、それに相対する位置に峻厳なる冬を置く。夏に対峙しうるのは、当然冬を措いて他にはありえない。季節を実質上支配しているのは、なんといっても両極端の性質をもつ夏と冬であり、互いに陣取りをしあう両者の緊張関係のなかにあって、春と秋は始終その顔色をうかがっては右往左往する微温的な存在にすぎない。しかし、夏と冬にも問題点がない訳ではない。天文学的にいえば、夏は夏至から秋分まで、冬は冬至から春分までを指す。日照時間の長短からいえば、夏の中心に夏至が存在し、冬のそれに冬至が存在してしかるべきなのだが、ここに大きなずれが生じているのだ。これはもちろん、太陽光の熱によって地面や空気が温まるまでに時間がかかるため、そこにタイムラグができることが大きな原因として挙げられる。この時間的なずれのうちにこそ、われわれの潜み入る空隙を見つけだす好機が到来する。つまり、太陽光がもっとも長く照りつける夏至直後の時期は、無垢なる夏自身に夏であることに対する無自覚な部位が強く残っているため、暗殺に対する警戒が充分とはいえない。そこでわれわれは、峻厳なる冬という概念を大いに喧伝することによって、それへの強烈な対抗意識を無垢なる夏に植え付ける作戦を選択すべきだ。その結果、夏自身の属性に苛烈な太陽光線による高温というイメージが否応なく付与されるため、夏は、夏至直後のおのれの状況に適応しきれない。しかも、きわめて都合のいいことに、日本においては夏至の前後はちょうど梅雨の時期と一致する。日照の少ない梅雨時のじめじめした気候のために、苛烈な太陽光線を伴うはずの自分のイメージとの齟齬に夏は大いに戸惑う。烈しく降りしきる夕立を唯一の例外として、しとしとと降る長雨というものが、夏にはどうしても許せない。これに対する苛立ちとあせりが、無垢なる夏の内部に自己嫌悪を発生させることで、そこに心理的な隙が生じる。この時こそが、絶好の機会だ。そうまさに、暗殺の機会は、梅雨時に偶《たま》さか訪れる完璧な晴れ間に、無垢なる夏自身が自己陶酔しているときを措いては他にないのである。

＊（蒼ざめた馬たち

無垢なる夏を暗殺するために、俺は沈黙の圭角を慎重に削り極限近くにまで磨きあげて完璧な球体の結晶とした後、そのままその手で従順な夜を激しく抱いた。大気圏に析出した孤独が漆黒の空の縁《へり》へと降り注いでくると、蒼ざめた馬たちが寝不足のギャロップを踏みながらビル街の大通りを裸で駆け抜けていく。暗殺の手順を最初から慎重に計量し直した俺は、蛍光色にけぶる記憶のページに秘匿されたサファイアの輝きを、誰にも気づかれぬように未来の側から透視する。やわらかな夜の闇が俺の右の耳をねぶって笑いさざめき、生ぬるい大気の中で煮凝りのようにぷるぷるふるえる。解離する青瑪瑙の蛋白石質と石英質との境界部分にぼんやりと映える遙かな星団の内部に、さざ波のように派生してくる静寂の硬い輪郭をことごとく打ち壊さなければ、行動はなに一つ始まらないのだ。いきなり降り出した雨に俺は悪態をつきながらも、その形態のあまりのふしだらさに惚れ惚れする。紺青色に沈む世界の周辺部では、黄金で出来たアリクイが生あくびをかみ殺して、顧慮するものの何もない幸福の極致を味わいつくすのだろう。振り子運動を繰り返す見捨てられた化石標本は、雨に打たれたまま悔悟の涙をさめざめと流し、貝殻から次々と湧きでてくる書物の群れは、無限の郷愁を誘うカシオペア座にあるという超新星の影を探すために、痴呆の星空を見上げる。いつのまにか雨はすっかりあがって、満天の星が宇宙空間で瞬く。こんなことに何の意味があるのか。意味などそもそものはじめからないのであって、そんなことも知らない蒼ざめた馬たちが、遠く消え入りそうだった風景画の中から駆けもどって、無音の饗宴が人知れず終わりを告げると、無垢なる夏を暗殺するために、ふたたび俺は沈黙の圭角を慎重に削り始める。

＊（羽毛のことば

無垢なる夏を暗殺するために、どこかに若いヒワの胸の羽毛のようなことばはないものだろうか。ことばの究極の柔らかさ、優しさがどうしても今必要なのだ。その柔らかさや優しさの裏にある、意識せぬ穢れなき残酷さによって、無垢なる夏の喉を密かに塞いでしまうのだ。だが、いくらあちこちを探しても、どれもこれもまるで不実な恋人のように、芯の冷えた、ささくれ立ったことばばかりだ。もはやことばなしでは一日たりとも生きてはいられないことを重々承知のうえで、生硬なことばや生煮えのことばばかりを、世界はぼくに投げ与えてくる。ぼくの欲しいのは、こんなことばではない。若いヒワの胸の羽毛のように、どこまでも優しく、どこまでも柔らかく、無垢なる夏全体をそっと包み込んでしまうようなことばなのだ。やわ肌のぬくもりによるうっとりと眠るような至福のうちで、知らぬまに死の奈落に至らしめる、極上のベルベット状のことばなのだ。それが、どうだ。かつてはどこにでもあった、春の日向のようなポカポカと暖かいことばさえ、近頃は目にすることもない。すべて、腹の内とは正反対のやたら甘いことばや、その場しのぎの誠実面をしたことば、自らの勝手な意味付けに陶酔したナルシストのことば、人を恐怖に陥らせる支配のことばばかりだ。ことばは、今や確実に終焉の地に近づいていて、意味がかたくなに硬化していき、響きまでもがギスギスしたものとなった。もはや、彩りなどどこをどう探しても見つかりっこない。発語しようとしても、ことばの不誠実さゆえに舌がのどを塞ぎ、あるいは不埒な砂で口の中がじゃりじゃりして、さいしょの音がでてこない。なんとか吐きだしても、それは吃音のつらなりや、喃語にちかいものでしかない。やっとのことで、気息音のみということもめずらしくなくなった。ことばは、日に日におのれの実体からはなれていき、聞きとることももはや難しくなった。とうぜん、書くこともできなければ、読むこともできない。無垢なる夏を窒息させるはずだったことばは、いまやぎゃくに、無垢なる夏のまっただなかで窒息してうめいているだけで、だれも助けようともしないし、第一、助けることなどできるはずもない。今やことばは、最後の手段として、呼吸困難のはてに、みずからの死を、選ぼうとしていた。

＊

（闇の波動

無垢なる夏を暗殺するために、カラスはその漆黒の羽をたえずはばたかせて時の隙間に闇の波動を送りつづけ、生まれたての夕焼け空はひそかにそれに連動して、家々の屋根の下に憩う窓ガラスの表面に嵌《はま》ったまま、それぞれのリズムでおのれの身をふるわせながら、聴きなれぬそれでいて無性になつかしい歌を憂愁のにじんだ声で歌いだす。その声は、夕闇と共鳴して家々の軒下をどこまでも流れていき、それを聞いた闇の雛たちは、その声にならって赤い喉の奥をさらけだし、まだ見ぬ母に暗黒のうちにぬらりと光る餌をねだる。夕闇のなかを振動していく歌は、やがて闇の重みに耐えきれず、敵情を視察する斥候のように地面すれすれを這うように流れさっていき、しだいに濃さをます闇は、一枚の巨大な夜の布となってまたたく間に街全体を覆いつくす。街は深呼吸をくりかえし、おのれの出自としての通奏低音をさぐるために、筐底深くねむる死者の記憶のかげりを一つ一つ反芻しては、その残り香のうちに出現する幻像に惑溺していく。打ち捨てられた記憶の堆積物のなかから、韻文に裏打ちされた声がひそかに立ちあがり、目に見えぬ文字でおのれの来歴を語りだす。文字のしめやかな重みのために、地表のすべてが流れうねり盛りあがり、闇自体が街のすべてを深夜へと押し流す波の形をとり始めると、夕焼け空は自らの死とひきかえに、小さなガラス瓶に無垢なる夏の姿を封印するのだった。

＊（小惑星のかけら

無垢なる夏を暗殺するために、銀河の岸辺にうちすてられた、名もしらぬ小惑星のかけらを、アンドロメダにむけてほうりなげる。かけらは、水素やヘリウムにいろどられた紺青色の闇のなかを、彗星となってかすかに発光しながら、電磁波や物質の粒子のすきまをぬうように飛行する。彗星は、正体不明の暗黒物質の影にたえずおびやかされ干渉されながらも、目的地のアンドロメダをはるかめざして、ケフェウスとデネブのあいだをぬけ、蜥蜴座をやさしくかすめるながい旅にでる。静寂の極致のうちにいたりついたまったくの無音のなか、星間物質の森をぬけてすすむ完璧なる孤独。その孤独だけがうみだすことのできるやさしいおののきが、魂のうちからわきあがって、そのやわらかな軌跡がわずかな波動をおこし、やがてそれが宇宙空間にひろがって、さらにさまざまな天体にまで波及する。小石のおこしたちいさな波紋からおおきな波がおきるように、蝶のわずかな羽ばたきから大風がわきあがるように、わずかな波動は宇宙空間をたちまちはしりぬけ、宇宙のはるかな岸辺をかなしくゆがませてあらたな重力波をうみだす。重力波はたちまち波動となって光速で伝播し、そのとおい反動がやがて銀河系宇宙にもはねかえってくる。そのほんの一部の作用が、太陽系の運行にわずかなひずみを生じさせる結果、小惑星の軌道をきしませて地球におびただしい隕石をふらせる。かくして無垢なる夏は、にげさるいとまも声をあげるすきも与えられることなく、夏のまったただなかでしずかにその息の根をとめられる。

＊（成層圏からの風

無垢なる夏を暗殺するために
緑したたる海辺の樹木たちは

避暑客への愛憎を秘かに先鋭化し
その葛藤に悩む木洩れ日を撒きちらして
投げやりの一日を海岸線から始めようとする
大気を螺旋状にかきみだして誕生した颪は
高まる潮位をかたわらに見すえながら
渡航してきた成層圏のコリオリ力を
記憶の坩堝《るつぼ》の中で反転させる
そんな時は知らない
そんな時はあってはならない
そうつぶやくはしから
あわだつ波濤の群落は
極限にまで膨張したとみるや
夏の真っただ中へと一挙に崩れ落ちる

＊（廃園

無垢なる夏を暗殺するために　一つの廃園が用意されなければならぬ　風は夕暮れの薄紫色に染まり　くちなしの白い花をかすかに揺らしながら　その匂いを未来の側へと連れ去り　廃園は無垢なる夏に蹂躙されるがまま　声にならぬ金切り声で悲鳴を上げ続ける　懶《らん》惰《だ》な蝶が優雅な曲線を誇示して舞い　金色の蜂がしずかに唸る廃園の巧妙な手管に　籠絡《ろうらく》され幽閉された無垢なる夏は　あらたな扉をその場にうち立て　記憶の内側へと逃亡を図る　廃園の蒸れるような温気は　自らの存在で記憶をなしくずしに崩壊させ　時の気怠《けだる》い流れのうちにすべてを封印する　万象はあるがままに憩い　おのれの内部で美しく呼吸している　世界をことばによって穢すのを　これ以上許すわけには絶対にいかぬ　無垢なる夏を暗殺するために…

高柳誠（たかやなぎまこと）――

一九五〇年、愛知県名古屋市生れ。

詩集

『アリスランド』（一九八〇年・沖積舎）
『卵宇宙／水晶宮／博物誌』（一九八二年・湯川書房）
『綾取り人』（一九八五年・湯川書房）
『都市の肖像』（一九八八年・書肆山田）
『アダムズ兄弟商会カタログ第23集』（一九八九年・書肆山田）
『樹的世界』（一九九二年・思潮社）
『塔』（一九九三年・書肆山田）
『イマージュへのオマージュ』（一九九六年・思潮社）
『月光の遠近法』（画＝建石修志／一九九七年・書肆山田）
『触感の解析学』（画＝北川健次／一九九七年・書肆山田）

『星間の採譜術』（画＝小林健二／一九九七年・書肆山田）
『万象のメテオール』（一九九八年・思潮社）
『夢々忘るる勿れ』（二〇〇一年・書肆山田）
『半裸の幼児』（二〇〇四年・書肆山田）
『廃墟の月時計／風の対位法』（二〇〇六年・書肆山田）
『鉱石譜』（二〇〇八年・書肆山田）
『光うち震える岸へ』（二〇一〇年・書肆山田）
『大地の貌、火の声／星辰の歌、血の闇』（二〇一二年・書肆山田）
『月の裏側に住む』（二〇一四年・書肆山田）
『放浪彗星通信』（二〇一七年・書肆山田）

集成詩集

『高柳誠詩集（詩・生成7）』（一九八六年・思潮社）
『Augensterne　詩の標本箱』（ドイツ語訳＝浅井イゾルデ／二〇〇八年・玉川大学出版部）
『高柳誠詩集成Ⅰ』（二〇一六年・書肆山田）
『高柳誠詩集成Ⅱ』（二〇一六年・書肆山田）

『高柳誠詩集成 Ⅲ』（二〇一九年・書肆山田）

エッセイ・評論

『リーメンシュナイダー　中世最後の彫刻家』（一九九九年・五柳書院）

『詩論のための試論』（二〇一六年・玉川大学出版部）――ほか

無垢なる夏を暗殺するために＊著者高柳誠＊発行二〇一九年八月一〇日初版第一刷＊発行者鈴木一民発行所書肆山田東京都豊島区南池袋二‐八‐五‐三〇一電話〇三‐三九八八‐七四六七＊装幀亜令＊印刷精密印刷ターゲット石塚印刷製本日進堂製本＊ＩＳＢＮ九七八‐四‐八七九九五‐九九〇‐四